Casa de Max
(mejor amigo de Snip)

NGLA

JUNCOS ALTOS

isla

libélulas

MI Casa

RIO

Casa del primo Snap

Lodazal de Hipo

Rocas grandes

Aqui viven los animales →

Para papá
R.C.

BLUME

Título original:
My Amazing Dad

Traducción:
Remedios Diéguez Diéguez

Diseño:
Genevieve Webster

Coordinación de la edición en lengua española:
Cristina Rodríguez Fischer

Primera edición en lengua española 2009

© 2009 Art Blume, S.L.
Av. Mare de Déu de Lorda, 20
08034 Barcelona
Tel. 93 205 40 00 Fax 93 205 14 41
e-mail: info@blume.net
© 2007 Simon amd Schuster Ltd, Londres
© 2007 Ross Collins

I.S.B.N.: 978-84-9801-420-4

Impreso en Singapur

WWW.BLUME.NET

¡Mi papá es genial!

BLUME

Ross Collins

Snip y Max estaban jugando a saltar cuando, de repente,

¡Fiuuuu!

—¿Qué ha sido **eso?** —preguntó Snip, boquiabierto.

—Eso —respondió Max con una orgullosa sonrisa—
ha sido **mi padre**. De mayor seré como él.

—Y tu papá, Snip,
¿qué hace? —preguntó Max.

—Pues no lo sé —respondió Snip—.
Se va por la mañana y regresa por la noche...
Lo que hace entre medio es un misterio.

A lo lejos vieron a Rayas.

—¿Tu papá qué sabe hacer, Rayas? —preguntó Snip.

—Mi padre es el mejor escondiéndose —respondió Rayas con una gran sonrisa—. De mayor seré como él.

Snip frunció el ceño. —No sé si a mi padre se le da bien esconderse.

Un poco más tarde se encontraron con Trompi.

—Eh, Trompi —dijo Max—. ¿Tu papá qué hace?

—Mi padre es capaz de lanzar un chorro
de agua más alto que los árboles más altos
—dijo Trompi entre borbotones—. De mayor
seré como él.

Snip estaba preocupado.
—¡Me parece que mi padre
ni siquiera sabe hacer burbujas!

Después se toparon con Pico y Manchas.

—¿Qué pasa? —preguntó Snip.

—Nuestros padres van a hacer una carrera para ver quién es más rápido —explicó Pico con una risita nerviosa, al tiempo que aleteaba presa de la emoción.

—De mayores seremos como ellos —añadió Manchas.

—¿Tu papá sabe correr rápido, Snip? —preguntó Pico.

—Creo que no —respondió Snip—. Tiene las patas un poco…

—¿Rechonchas? —sugirió Max.

Cuando regresaban a los árboles,
escucharon un ruido ensordecedor.

Bongo salió de entre los arbustos.

—Es mi papá —anunció con orgullo—.
Se golpea el pecho más fuerte que nadie.
De mayor seré como él.

—¿Tu papá tiene pecho, Snip? —preguntó Max.
—Pues… yo diría que tiene barriga —murmuró Snip.

En el río se encontraron con Hipo.

—Hola, Hipo —suspiró Snip—. Supongo
que tu padre también hace algo alucinante.

—Pues sí —dijo Hipo—. Aguanta bajo el agua
un montón de rato sin salir a respirar. De mayor seré como él.

—¡Vaya! —exclamó Max con admiración.

—Lo sabía —se lamentó Snip mientras regresaban
a casa—. Todo el mundo tiene un papá mejor que el mío.

—¡Ánimo, chico! —canturreó Max—. Estoy seguro
de que tu padre sabe hacer *algo*.

Snip no estaba tan seguro.

—¡Mamá! —sollozó Snip—. Si papá
no se esconde, no lanza chorros de agua, no corre rápido
ni se golpea el pecho como si fuese un tambor...

   —¡Ni aguanta bajo el agua un montón de rato! —dijo Max.

   —Ni aguanta bajo el agua un montón de rato, entonces
¿qué hace todo el día?

La mamá sonrió abiertamente y rodeó
a Snip con su cola, tal como hacía cuando todavía
no era más que un huevo.

—Venid conmigo —dijo. Y caminando,
caminando, llegaron hasta los juncos altos.

La mamá de Snip apartó la hierba, poco a poco
y en silencio, para que su hijito pudiese ver.
—¿Qué hace papá? —preguntó Snip.

—Tu papá es el que enseña a los demás animales a esconderse, a correr rápido y a hacer todas esas cosas especiales que harán cuando sean mayores.

—¡Caramba, Snip!

—exclamó Max—. Tu papá es…

—¡Genial! —gritó Snip al tiempo
que se fundía en un enorme abrazo de cocodrilo
con su padre.

—Papi, ¿me enseñarás a hacer todas esas cosas? —preguntó Snip, radiante de orgullo.

Su padre sonrió.

—Claro, hijo. Vamos a empezar con una lección de pesca.

—Oye, papá —dijo Snip mientras
nadaban río arriba—. ¡De mayor quiero ser como tú!

MONTAÑAS
Aquí come Rayas
Aquí corren los papás de Manchas y Pico
LLANURAS
JU
Charco de Trompi
Claro de Bongo